Buch:

Die einmalige Chance, den mächtigsten Paten Neapels zur Strecke zu bringen, gerät in den engen Gassen der Hafenstadt schnell zu einem Katz-und-Maus-Spiel. Vor der Küste kommt es auf der «Isola Maledetta», der «verfluchten Insel», zu einem Showdown unter Feinden in der italienischen Nacht.

Autor:

«Neapolitanische Nächte» ist das Debüt des jungen deutschen Autors Alexander Sänger. Er wurde 1993 in München geboren und lebt noch heute dort. Nach seinem Maschinenbaustudium widmete er sich zusehends dem Schreiben in verschiedensten Genres. Er selbst bereist seit Jahrzehnten Italien und genießt die Zeit des Dolce Vita dort sehr.

Alexander Sänger

Neapolitanische Nächte

Roman

Bibliografische Information der Deutschen Nationalbibliothek:
Die Deutsche Nationalbibliothek verzeichnet diese Publikation in der
Deutschen Nationalbibliografie, detaillierte bibliografische Daten sind
im Internet über dnb.dnb.de abrufbar.

TWENTYSIX – Der Self-Publishing-Verlag
Eine Kooperation zwischen der Verlagsgruppe Random House und
BoD – Books on Demand

© 2019 Alexander Sänger

Herstellung und Verlag:
BoD – Books on Demand

Umschlaggestaltung: Alexander Sänger
unter Verwendung eines Motivs von pixabay.com

ISBN 978-3-7407-5319-1

Dedicato
alla famiglia

.

I

Er reiste ihm nach Neapel nach. Endlich ginge es mal wieder in das Land, das er so sehr liebte. Die bezaubernde Landschaft, das gute Essen, die Lebensfreude. Und doch war der Anlass für seine Ankunft ein ernster. Nun endlich wollte er Beweise sammeln. Beweise, die er in *Little Italy* in Manhattan nicht hatte finden können. Alle haben sie geschwiegen. Eine Mauer des Schweigens, die sich vor der Gewalt auftürmte, die er dort verbreitete.

Und jetzt diese Gelegenheit. Senior Scarletti – der Pate von Neapel – wieder daheim. Unter seinesgleichen. Monate, wenn nicht sogar Jahre lang hatte man ihn nicht mehr gesehen. Vielleicht seine letzte Möglichkeit. Es ist ungewöhnlich, dass sich der Pate selbst auf den Weg macht. Lieutenant Frighton hatte gehört, etwas großes sei geplant. Eine Vendetta. Von großer Bedeutung. Vendetta zweier Clans. Sizilien. Die Cosa Nostra. Das ist eine Sache. Aber Neapel war in ihrer Hand. Und das sollte so bleiben.

Non-stop gab es noch keine Verbindung zwischen New

York und Neapel. *Welch Ironie*, dachte Frighton, wie viele seien doch schon diese – meist letzte Reise – angetreten und kehrten so in die Heimat und den Schoß der Familie zurück.

Er jedoch bekam vom State Departement einen Flug mit Stopp in Casablanca. *Vom Winde verweht* schwelgte Frighton noch in Gedanken im dortigen Flughafenbistro, als er sich einen Mokka genehmigte, um die Strapazen des ersten Teils des Fluges zu vergessen. Das heiße Getränk rann wohltuend seinen Gaumen hinab und besänftigte im Magen angekommen den selbigen, denn einige Turbulenzen schüttelten den *Dreamliner* der Royal Air Maroc auf dem Weg über den großen Teich gehörig durch und an Träumen war nicht zu denken. *Ein Himmelfahrtskommando*, dachte er. Vielleicht weniger der Flug – der routinierte Pilot landete hart aber sicher auf dem marokkanischen Airport. Seine Mission war es vielmehr. Allein. In Europa. In Neapel. Mitten unter der einflussreichsten Mafia-Familie in der kampanischen Hauptstadt.

Er hoffte, der zweite Flug würde nicht mehr so stürmisch und turbulent werden. Seine Hoffnungen wurden nur teilweise erfüllt. Dann jedoch als sich die Räder langsam vom marokkanischen Boden erhoben, fühlte er sofort wieder die Böen, die das Flugzeug ergriffen. Der Steigflug in Richtung Westen führte noch einmal über die malerische Altstadt, dessen Silhouette nur schemenhaft im Wolkendunst dieses ersten Herbststurmes am Atlantik zu erkennen war. Ein letztes Mal sah Frighton die HASSAN II Moschee, bevor der Pilot den Anweisungen der Luftsicherung folgte und nach

Osten abdrehte. Das Flugzeug stieß durch die Wolkendecke nach oben. Nichts war mehr zu erkennen, ehe innerhalb von Sekunden das Weiß der Wolken verschwand und über dem Flügel nur noch das strahlende Blau durch die ovalen Flugzeugfenster hereinblitzte. Die Bewegungen des Flugzeuges beruhigten sich nun und die Anspannung bei Frighton löste sich etwas.

Erst jetzt hatte er bemerkt, dass sein Sitznachbar ihn etwas skeptisch beäugte. Der Blick des jungen dunkelhäutigen Mannes mit den großen Augen wechselte zwischen seinem Gesicht und seinen Händen auf den Armlehnen hin und her. Frighton blickte hinab. Seine Knöchel waren noch ganz weiß, so hatte er seine Nägel in die Armlehnen gepresst. Die Erfahrungen vom ersten Flug hatten ihn wohl doch mehr mitgenommen, als er vermutet hätte. Er müsse den Kopf freibekommen. Durfte sich nicht mehr so auffällig verhalten. Jetzt mag es noch ohne Folgen sein, später jedoch vielleicht schon nicht mehr. Allein der Gedanke daran, den Paten in seiner Heimat überführen zu können, ließ ihm das Adrenalin in den Kopf schießen. Doch noch war es nicht so weit. *Ruhig, ganz ruhig.* Diese Worte ließ er immer wieder durch seinen Kopf wandern, bevor er nun wirklich seine Hände in den Schoß legte und versuchte, entspannt in den royalblauen Himmel zu blicken.

Es war ein Weile vergangen, auch wenn er nicht beziffern könnte, wie lange er so zum Fenster hinaus gestarrt hatte. Würde ihn sein Sitznachbar, der ihn vorhin noch so aufmerksam musterte, immer noch beobachten? War das etwa schon ein Spitzel der Mafia, den er nicht bemerkt hatte und der ihm schon seit New York gefolgt war?

Langsam begann Frighton seinen Kopf zu drehen – möglichst natürlich – um nicht wieder Aufmerksamkeit zu erzeugen. Er merkte sein Hauptschlagader am Hals pochen. Lässig, überspielend hatte er schließlich seinen Kopf soweit gedreht, dass er einen Blick über die Schulter riskieren konnte. Der Anblick, der sich ihm bot, lies ihn innerlich aufatmen. Der junge Mann war eingeschlafen. In Träumen sowie den Flugzeugsitz versunken.

Frighton merkte trotzdem diese unbesiegbare Nervosität in sich. Das war hier mehr als nur ein Einsatz in Brooklyn, Manhattan oder Jersey. Hier ginge es um einen ganz dicken Fisch, der ihnen schon einige Zeit Probleme machte.

Aufbruch in eine neue Welt. Aufbruch in *ihre* Welt. Unbekannt. Gefährlich. Im Schatten.

Als der Lieutenant nun ein paar Zeitschriften von Alitalia aus der Tasche des Vordersitzes herausnahm und darin belanglos zu blättern begann, zwang er sich, nicht mehr an seine Mission zu denken. Das würde noch früh genug kommen.

Es war ein warmer Frühabend im späten August, als Lieutenant Frighton aus dem Flieger am *Aeroporto Internationali di Napoli* stieg. Die Wolken hatten sie schon lange hinter sich gelassen. Als er durch die Flugzeugtür schritt, war er für einen kurzen Moment geblendet. Die herbstlich anmutende Sonne schien im direkt ins Gesicht. Ein sanftes Lüftchen blies ihm um die Nase. Er konnte das Meer riechen. Die

Wärme, die Geborgenheit. Unvorstellbar, dass hier so etwas grauenvolles seine Wurzeln haben soll. Wie könne man nur so werden, wenn man hier mit der Sonne im Herzen geboren würde?

2

Die Abfertigung am Flughafen lief schnell und reibungslos. Viel Gepäck hatte Frighton ohnehin nicht dabei. Es sollte schnell gehen, ganz schnell. Je länger er hier bleiben würde, desto schwieriger und desto gefährlicher würde seine Lage. Deshalb begann er auch unverzüglich mit seinen Nachforschungen.

Er hatte sich als Quartier eine kleine unscheinbare Pension in der Altstadt ausgesucht, zu dem ihm das Taxi nun brachte. *La Residenza Napoli*, so unscheinbar, dass Frighton selbst zehn Minuten brauchte, um den Eingang zu finden. *Perfekt*, dachte er. Die schmucklose Halle mit der Rezeption lag vor einem kleinen Innenhof, durch die die tiefe Sonne nur noch spärlich hereinblitzte.

Nachdem er geschwind an der Rezeption eincheckte, brachte er nur seine kleine schwarze Reisetasche auf das spartanisch eingerichtete Zimmer und zog sofort los Richtung Piazza. Gerade noch früh genug um bei einem echten italienischen Espresso ein paar Informationen aufzuschnappen.

Seine flinken Schritte brachten ihn zunächst Richtung Osten zum *Gran Caffè Gambrinus* an der Fontana del Carciofo. Die Außenplätze waren begehrt, lagen sie doch in der Sonne, die im Moment noch durch die *Via Gennaro Serra* hereinschlich und die, hinter Hecken intim versteckten kleine Tische mit Wärme und Licht versorgte. Deshalb versuchte Frighton es innen mit einem Platz für seinen Espresso.

Das *Gran Caffè Gambrinus* war innen ein prachtvoller Bau aus der Jahrhundertwende. Gemälde zierten jede der weißen, aufwändig stuckartierten Wände, umfasst von goldenen Bilderrahmen. Golden waren ebenso die Bögen, die zu den reichlich verzierten Deckenfresken hinaufführten und behutsam den Blick über die Meister vergangener Tage lenken. Mitten durch die, mit weißen und schwarzen Marmor bedeckten Böden schlängelte sich ein roter Teppichstreifen, der zu den einzelnen Räumen des verwinkelten Cafés führte. Diese bauliche Besonderheit machte neben seiner familiären Führung den Charme dieses Hauses aus.

So weit brauchte Frighton jedoch gar nicht zu gehen. Gleich gegenüber der üppig ausstaffierten Auslage mit Kuchen und Torten, die das Café in Neapel bekannt machten und deren Duft neben dem frisch gemahlenen Kaffeebohnen diese Hallen füllte, bot sich ihm ein Platz an einem Zweiertisch. Er nahm auf einem der mit teurem roten Stoff bepolsterten Holzstühle platz, die das Ambiente nun schon seit mehreren Jahrzehnten prägten.

Er hatte die Atmosphäre nur ansatzweise aufgesogen, als

schon einer der mit Fliege und Frack gekleideten *cameriere* zu ihm an den Tisch trat.

«Bouna sera, signore!»

«Bouna sera! Vorrei un caffè, per favore!»

«Si, subbito, signiore! Grazie!»

Der Kellner verschwand so geschwind und elegant, wie er gekommen war. Gerade mit dem Blick noch folgen könnennend, blickte er dem höflichen Bediensteten hinterher. Als dieser hinter die Theke zu den typisch italienischen Kaffeemaschinen abbog, gab er den Blick auf einen Herrn frei, der sofort die Aufmerksam des Lieutenant auf sich zog.

Es war ein mittelalter, aber sehr elegant gekleideter Herr. Vielleicht war es der auffällige schwarze Anzug, der Frightons Interesse weckte. Vielleicht aber auch die Tatsache, dass der Herr mit dem schwarzen Hut und über die Schulter hängenden Mantel viel zu warm für diese Jahreszeit angezogen war. Nicht mal dem verfrorensten Neapolitaner würde die Furcht vor Unterkühlung in solch ein Kostüm zwingen. Bislang konnte er nur die Seite des großgewachsenen Mannes erkennen, der offensichtlich auf einen *cameriere* hinter der Theke wartete.

Frighton beobachtete angestrengt aber doch unauffällig die Situation. Seine Intuition sagte ihm, dass ihn dieser Mann weiterhelfen könne. Natürlich wäre es ein enormer Zufall, ein riesiges Glück. Doch die Hoffnung in dem Lieutenant flammte auf.

Dann, ein Kellner übergab dem Anzugträger ein Schachtel. Eine Kuchenschachtel. *Pasticceria di Gran Caffè Gam-*

brinus war darauf in ausladender Schreibschrift zu entziffern. *Falscher Alarm*, dachte Frighton. *Ich sehe schon überall Gespenster*, schmunzelte er in sich hinein.

Und doch hatte der Mann für ihn etwas faszinierendes. Diese Eleganz, diese Erhabenheit, dieser Stil.

Der Mann bezahlte mit ein paar Scheinen, drehte sich einmal auf dem Absatz seiner mit Gamaschen überzogenen Lederschuhe und begann Richtung Tür zu gehen. In einem kurzen Augenblick lenkte ein, durch die Fenster hereinfallender Lichtstrahl den Blick des Lieutenants auf die nun sichtbaren Manschettenknöpfe des dunkel gekleideten Herrn. Frighton stockte der Atem. Diese Insignie. Das Symbol. Das hatte er schon einmal wo gesehen. Während sich der Mann mit der Tortenschachtel scheinbar in Zeitlupe zum Ausgang bewegte, ging Lieutenant Frighton angestrengt die Bilder in seinem Kopf durch. Irgendwo hatte er dieses Symbol schon einmal gesehen.

Plötzlich fiel es ihm wieder ein, wie ein Blitz, der durch seine grauen Zellen schoss. Es war letzten Frühling gewesen. In *Little Italy*. Es war die Anstecknadel eines Toten. Wieder einmal eine Schießerei, bei der es keine Zeugen geben mochte. Der Tote war die rechte Hand von Scarletti gewesen. SCARLETTI!

3

Aus seinen Erinnerungen gerissen blickte Frighton wieder zur Tür. Der Mann war verschwunden. Der Lieutenant stürzte hoch, zog einen Schein aus einer Hosentasche, ließ diesen hastig auf den Tisch sinken und lief hinaus.

«Signore! Suo caffè! Signore! Prego!»

Der *cameriere* rief dem Amerikaner noch hinterher, doch dieser war wie besessen aus dem Lokal gerannt und ließ sich nicht mehr aufhalten. Der Ober in weißem Frack und Fliege zuckte kurz ungläubig mit den Achseln, blickte sich etwas unsicher um, und trank dann den Espresso eilig aus, bevor dies jemand gesehen hatte.

Frighton hastete derweil durch den Bereich der Außentische in Richtung Straße. Durch die dichten Hecken, die das Caffè nach außen hin abschirmten, versuchte er den Mann im schwarzen Anzug zu finden. Auf seine Zielperson geistig derart fokussiert verlor Frighton seine direkte Umgebung aus den Augen und rannte beim Heraustreten aus den Hecken prompt auf in eine querende Passantin aus der

Via Gennaro Serra.

Scusi! Scusi!, warf ihr der aufgeregte Lieutenant hinüber, während er sich vom Kopfsteinpflaster wieder aufrappelte. Hastig richtete er sich wieder auf und blickte ziellos auf der sich vor ihm eröffnenden *Piazza del Plebiscito* umher.

Irgendwo musste er noch sein! Der Puls trieb ihm das Blut in den Kopf. *Diese Chance darf ich mir nicht entgehen lassen!*

So sehr er sich jedoch auch bemühte, er konnte keinen dunklen Mantel zwischen den mit Touristen überlaufenen Platz ausmachen. *Konzentriere dich!* Ein letztes Mal drehte er seinen Kopf langsam und suchend von links nach rechts. Als er fast bei der überrannten Passantin rechts hinter ihm mit dem Blick ankam, stockte er. Vor dem Hintergrund des türkis schimmernden Meeres in der Abendsonne meinte er einen schwarzen Punkt zu erkennen. *War das ein Hut?* Sich selbst im Geiste überschlagend, welche Optionen er wählen sollte, verharrte er immer noch wie angewurzelt an Ort und Stelle vor dem Lokal. Mittlerweile prasselten italienische Beschimpfungen von hinten auf ihn ein. Die Begleiter der Passantin betitelten ihn mit einigen Anstößigkeiten, doch er hörte sie nicht. Er hört nichts und niemanden in diesem Augenblick. Nur dieser schwarze Punkt tanzte noch immer in der Ferne auf und ab.

Dann plötzlich, wie auf ein Kommando eines Regisseurs, der die Piazza als Filmkulisse zu verwenden schien, lichtete sich eine Reihe und dieser schmale Spalt zwischen den umher strömenden Touristen gab den Blick auf den schwarzen Punkt am Horizont bis zum Boden frei. Es war eine Person – zweifelsfrei. Ganz in schwarz. *Das könnte er sein*, blitze es durch das Gehirn des Lieutenants. In diesem Moment verschwand der *Nero* im Schatten der Häuserfront, die sich am Ende der *Piazza del Plebiscito* zum Meer hin aufbaute. Es war seine einzige Chance. Ein Indiz. Er musste hinterher. Noch bevor er diese Entscheidung getroffen hatte, rannte er bereits los. Quer über die Piazza. Immer wieder überraschten Touristen ausweichend und doch den Blick auf den, im Schatten verschwimmenden schwarzen Punkt fokussiert, schob er sich an den wie Slalomstangen aufgebauten Passanten vorbei.

Frighton hatte schon den halben Weg über den riesigen Platz vor der *Basilica Reale Pontificia San Francesco da Paola* hinter sich gelegt. Eingerahmt durch die Nationalbibliothek zu seiner linken, dem Sitz der *Prefettura di Napoli* hinter ihm, der Basilika zu seiner rechten und dem prachtvollen *Palazzo Salerno* ihm gegenüber, ergab sich ein diffuses Zwielicht auf der Piazza, die gut die Stimmung des Moments, in dem Frighton hierüber eilte, einfing. Das schattige Kopfsteinpflaster gab dumpfe Laute mit jedem der kraftvollen Schritte des Lieutenants von sich.

Sein Blick fiel nun auf die schräg hochgewachsenen Bäume, die sich vor ihm entlang der *Via Cesare Console* wie in einer Allee aufreihten. Jene schiefen Baumgruppierungen, wie sie typisch für den mediterranen Raum sind, wo der Wind des Meeres sie in ihre schiefe Lage drückt.

Am Ende des Platzes angekommen blickte Frighton in die

enge Straße, die von der klassischen Front der Häuser und der Baumreihe eingerahmt wurde. *Wo war er?* Der Mann im schwarzen Anzug. Frighton spürte sein Herz immer noch wie wild pochen. Seine Kondition war nicht die beste und der Spurt über die große Piazza war doch anstrengender als vermutet. Der Blick wanderte von einer Seite der Straße zur anderen. Am Ende war schon das glitzernde Meer in der tiefer wandernden Abendsonne zu erkennen. Abermals vergewisserte sich der immer noch schnaubende Lieutenant, ob der *Nero* nicht doch irgendwo auf dieser Straße zu finden sei. Nichts. Weder links. Noch rechts.

Auf der linken Seite, unterteilten dessen ovalförmige Beete den Bürgersteig in zwei Bereiche, bevor sie im regelmäßigen Abstand durch die scheinbar vor einer Ewigkeit bepflanzten Bäume unterbrochen wurden. Der eine Weg verlief direkt vorbei an den parkenden Autos der Straße. Durch schmale Pfade zwischen den Beeten gelangte man zu einem parallelen, der Straße abgewandten Weg, der durch eine steinerne Balustrade besäumt war. Sie trennte diese *Via* von dem etwas tiefer angelegten *Giardini del Molosiglio*, eine kleine, aber üppig bepflanzte Gartenanlage direkt am Meeresufer. Der Lieutenant stand nun an der Balustrade und blickte auf die etwa zwei Stockwerke tiefer gelegene Anlage. Die hochgewachsenen dichten Bäume erschwerten ihm etwas zu erkennen. Die eiserne Straßenlaterne mit den drei Flammen an ihrer Spitze würde bald angehen. Die Sonne stand bereits tief und es begann langsam zu dämmern.

Angestrengt blickte Frighton immer noch ins nicht enden wollende Grün. Dann plötzlich. Wieder ein schwarzer Punkt, der sich bewegte. Die dicken Stämme versperrten ihm die Sicht. Kurzentschlossen erklomm er die Laterne neben ihm, um sich noch einmal ein zwei Meter Höhe zu verschaffen. So eine Übung hatte er zuletzt im Polizeisport gemacht und auch damals stellte er sich nicht sonderlich geschickt an. Den metallenen Masten fest umklammernd robbte er sich Zentimeter für Zentimeter nach oben – dabei stets den schwarzen Punkt im Auge behaltend. Der letzte Schub mit den Beinen war nun ausreichend um sich sicher zu sein. Der tanzenden schwarze Punkt war der Mann aus dem Cafè! Er musste dort hinunter. Doch wie konnte er die gut sechs Meter überwinden ohne sich dabei alle Knochen zu brechen? Wie gesagt, Polizeisport war noch nie seine Stärke. Abermals ungeduldig flog sein Blick über die nähere Umgebung. Dort, am Ende der Piazza, von wo er gekommen war, war ein Treppenabgang zum *Giardino*. Den musste auch der *Nero* verwendet haben.

Hätte ein Außenstehender die Situation betrachtet, so hätte er nun einen Amerikaner gesehen, der wie vom Blitz gerührt von der Laterne abließ, mit nur einem Fuß sich von der steinernen Brüstung abstieß und schon zwei Meter weiter auf dem Bürgersteig der Allee landete.

Ohne viel Zeit zu verlieren setzte der Lieutenant einen Schritt weit vor den anderen und hastete auf die, wie ein New Yorker Subway-Abgang anmutende Treppe zu, diesem schwarzen Loch, das die Touristen zu verschlucken schien. Direkt daneben hatte am Geländer des Abganges ein älterer schwarzer Herr in T-Shirt und zerrissener Jeans einen Hut-Stand auf einem klapprigen Wagen aufgebaut. Als der Amerikaner in voller Geschwindigkeit immer wieder Touristen ausweichen musste, erwischte er auch die lose aufgelegte Pappschachtel, die als Unterlage seiner Hutkreationen diente. Dem erzeugten Luftzug des Lieutenants und vielleicht auch einer kleinen Berührung eines weiteren wilden Ausweichmanövers geschuldet, machte der Karton einen Satz zu Boden und im nächsten Augenblick kullerten die weißen Panamahüte an ihren gestärkten Krämpen auf dem Bürgersteig umher.

Frighton hatte für all dies nun keinen Sinn mehr. *War er schon zu weit hinter dem Mann im Anzug?* Er spurtete die Treppen hinab, jedes Mal zwei Treppen zugleich. *Würde er unten unauffindbar sein und diese Spur tot?* Daran wollte der Lieutenant in diesem Moment gar nicht denken. Dazu blieb ihm auch keine Zeit. Nach einer scharfen Kehre nach links stieß er aus dem schwach beleuchteten Dunkel der Unterführung nach draußen. Im Vergleich zu dem düsteren Tunnelgang schien ihm der Park in der Abenddämmerung gerade zu hell, so fiel die letzte Helligkeit des Tages in seine Augen. Er zwickte sie zusammen, um etwas erkennen zu können.

Doch zwischen ihm und dem Parkeingang lag noch eine vierspurige Straße, die an diesem Nachmittag stark befahren war. Die Neapolitaner fuhren gerade von der Arbeit nach Hause. Auf eine Grünphase für Fußgänger konnte er nicht hoffen. Er bemerkte, dass an dieser T-Kreuzung nur

Ampeln für Autos zu finden waren. Dann musste er eben so die Straße überqueren. Noch einmal füllte er seine Lungen mit tiefen Atemzügen und ein kurzes Stoßgebet später sprintete Frighton auch schon los. Immer wieder hörte er quitschende Reifen, italienische Flüche, doch er lief immer noch. Immer weiter. Noch zehn Meter. Abermals Gequitsche, Hupengetöse. Fünf Meter. Er zog jetzt noch einmal richtig an und nahm seine Füße in die Hand. Nun konnte er auch den *Nero* im Park wieder sehen! Noch ein Meter, dann hatte er es geschafft. Sein Blick wurde nun ganz eng. Er sah nur noch den Mann im schwarzen Anzug, etwa dreihundert Meter quer durch den Park vor sich. Seine Füße erreichten das großformatige Kopfsteinpflaster einer Parkeinfahrt und wurden langsamer. Nebenan, hinter den schlichten Stäben eines Metallzauns lag ein *Luna Park*, der sich länglich bis zur Promenade erstreckte und aus dem Kinderlärm töste. Doch Frighton bemerkte ihn nur beiläufig. Ein oder zwei Sekunden Verschnaufpause, die gönnte er sich nun. Der Schweiß tropfte ihm aus den Haaren in den Nacken. Die warme Luft seines Atems schlug sich im Gesicht nieder.

Plötzlich riss ihn etwas am rechten Ärmel fast um. Er könnte gerade noch das Gleichgewicht halten, in dem er auf seinem Absatz eine Kehrtwende machte. Sein Blick, fast wie betäubt durch seien ausgelaugte Kondition suchte nach einer Erklärung. Als er wieder sicher stand, blickte er direkt auf einen Fahrrandfahrer, der mit weiten Schlenkerbewegungen seinen Drahtesel gerade noch einmal so unter Kontrolle brachte. *Cazzo! Stronzo!* hallte es noch über den Vorplatz ehe sich der Fahrradfahrer eilig entfernte. *Noch einmal Glück gehabt!*

Er hatte jedoch keine Zeit zu verlieren. Der *Nero* war zwar nur normalen Schrittes gegangen, hatte aber schon einigen Vorsprung gehabt.

Nach Luft schnappend setzte Frighton seine Gang fort. Dabei schaute er sich immer wieder suchend um, senkte seinen Kopf, um irgendwo den schwarzen Punkt, den er nun schon eine ganze Weile verfolgte, wieder zu finden. Quer durch den, in der Dämmerung unheimlich anmutenden *Giardino* mit seinen hohen monströs aufragenden Bäumen lief der Lieutenant nun auf dem knirschenden Sand der Wege. Ein paar bunte Lichter blinkten schon vom Luna Park zu seiner Rechten herüber und ließen die Silhouetten der Bäume noch bizarrer erscheinen.

Dem Halbbogen des Weges folgend kam er schließlich an der Küstenpromenade an. Hinter den zahlreichen geparkten Autos und Betonblumenkübeln mit eintönig bepflanzten Grün eröffnete sich nun das weite Hafenareal des *Lega Navale*. Dutzende von Segelmasten ragten in den allmählich lilafarbenen Abendhimmel, Boot an Boot drängte sich in der Bucht, die zum Meer hin noch einmal von einer Kaimauer begrenzt wurde. An diesem Abend war wenig in dem kleinen Yachthafen der kampanischen Hauptstadt los.

Frighton versuchte sich mit einem aufmerksamen Blick über das Areal einen Überblick zu verschaffen und den *Nero* auszumachen. Doch er hatte kein Glück. *Wie vom Erdboden verschluckt!* Abermals wanderte sein Blick über die mit hölzernen Stegen verbaute Bucht. Ohne Erfolg.

Zumindest fand er wieder Atem und eine kurzen Augenblick, um die Geschehnisse der vergangen Minuten im Kopf Revue passieren zu lassen. Währenddessen holte er ein Stofftaschentuch aus seiner Hosentasche und wischte sich seine von Schweißperlen übersäte Stirn ab. Der leichte Wind, der vom Meer her zum Festland hereinwehte tat dem Lieutenant gut. Die Hitze der Anstrengung wich langsam aus seinem Körper. Er musste sich diesen Misserfolg eingestehen. Er würde zurück in die Pension gehen, eine kalte Dusche nehmen und früh zu Bett gehen.

Gerade als er kehrt machen wollte, bemerkte er ein Motorboot das am südlichen Ende des *Porto* unterhalb des *Circolo Canottieri* ablegte. Lautlos. Fast unbemerkt schlich es geradezu vom Liegeplatz weg. Nicht weiter von belang. Trotzdem beeindruckte ihn die Größe und Eleganz, die das weiße Ungetüm ausstrahlte, als es in Schrittgeschwindigkeit den Hafen verließ. Schon einmal fühlte er sich von einem solchen Gefühl heute angezogen. Es war im Cafè, als er zum ersten Mal den Herr im schwarzen Anzug sah.

Noch ein paar Sekunden mit dem Blick auf der Yacht verharrend stand Frighton wie angewurzelt am Eingang des Hafengeländes stehen. Sekunden wirkten wie Stunden in diesem Moment. Eigentlich wollte er doch schon längst wieder umkehren. Doch irgendetwas hielt ihn noch zurück. In diesem Augenblick wird an Bord der weißen Yacht die Kabinenbeleuchtung eingeschaltet. Die Halogenspots leuchten Frighton direkt in die Augen. Zu weit und zu schwach, um ihn zu blenden, daher konnte er auch sofort erkennen, was zwischen ihm und der Lichtquelle lag. In ihm machte es einen Satz. Er meinte fast, sein Herz setzte kurz aus. Zu sehen war die schwarze Silhouette eines Mannes mit Mantel und Hut.

4

Er musste hinterher! *Die Spur ist noch nicht kalt! Ganz im Gegenteil! Die Spur ist heiß!* Freude und Aufregung überschlugen sich in Frighton, sodass er sich unmöglich regen konnte. Doch das musste er. *Ich muss diesem Boot hinterher!* Seine Entschlossenheit wurde durch keinen Zweifel erschüttert. *Ich muss diesem Boot hinterher!*

Langsam schlug die anfängliche Aufregung in Hektik um. Er musste schnell einen Weg finden, dem Boot zu folgen. Sein Blick fiel auf eine Reihe kleiner Sportboote, die wie beiläufig nicht weit von ihm entfernt an einen kurzen Holzsteg getaut waren. *Die beste Chance*, dachte er sich. Mit einem Satz sprang er halb über einen der vor ihm stehenden Betonkübel mit Bepflanzung hinweg und spurtete zu dem Steg. *Bitte! Bitte!*, flehte er innerlich, *irgendeiner von euch wird doch wohl den Schlüssel stecken gelassen haben!?* Als er den Steg erreichte, verlangsamte er seine Schritte und nahm eine etwas geduckte Haltung ein, um nicht zu sehr aufzufallen. Hastig und mit Trippelschritten watschelte er den hölzernen Steg ab, der unter seinem Gewicht etwas zu ächzen begann. Das erste Boot links. *Nichts.* Er wandte sich nach rechts. *Wieder nichts!*

Er blickte noch einmal geschwind hoch. Die weiße Yacht mit der schwarzen Silhouette war schon fast an der Hafenmündung angekommen und würde in wenigen Augenblicken beschleunigen und wohl für immer fort sein. Er wandte sich wieder den Sportbooten zu. Abermals war kein Schlüssel zu finden. *Das gibt es doch nicht!* Langsam gingen ihm die Möglichkeiten aus, lange war der Steg nicht mehr und die Zahl der Boote neigte sich allmählich dem Ende. Verzweiflung machte sich in ihm breit zu machen.

Im Augenwinkel sah er die Yacht nun an den Hafenlichtern vorbeiziehen. Auch bei den letzten Booten war er erfolglos. Nun stand er da, einen Schritt vom kalten Nass entfernt und konnte den Lichtern des Yacht nur hinterher schauen. Ernüchterung ließ alle Wärme aus seinem Körper entweichen. Die Finsternis brach über die Küstenstadt herein. *Welch passendes Bild*, dachte Frighton. *Und der dunkle Schleier legt sich auch über* la famiglia *wieder, ohne je einen Einblick gewehrt zu haben.*

5

Als er mit seinem Blick dem entfernenden Schiff hinterher blickte, blitzte ihm plötzlich etwas entgegen. *Was war das?* Er konzentrierte sich auf das kleine Flackern, das nicht weit von ihm entfernt zu sein schien. Es war ein kleines Stück Metall, dass schwingend die Lichter der nahen Promenade reflektierte. Frighton konzentrierte sich weiter und konnte nun erkennen, was es war. Das schimmernde Stück Metall war ein Schlüsselanhänger. Dieser hängte an dem Schlüssel, der wie vorbereitet schon im Zündschloss eines kleines Beiboots steckte. Der Lieutenant musste nicht zweimal überlegen, um zu erkennen, dass dieses Boot wie ein Geschenk des Himmels in der Bucht des kleinen Yachthafens lag. *Besser als nichts*, dachte er, als er nun das etwas heruntergekommene Boot zu dem Schlüssel musterte. Das Boot, das im Hafen wohl für kleine Besorgungsfahrten verwendet wurde und nicht viel mehr als vier Personen Platz bieten würde, lag am nächsten Quersteg. Frighton drehte sich um und blickte zurück. Der Weg dorthin würde zu lange dauern. Also blieb nur eine Möglichkeit.

Nach dem Frighton zwei Schritte zurück machte, beschleunigte er mit einem Mal auf dem schmalen krachen Holzsteg. Mit einigermaßen Geschwindigkeit stieß er sich schließlich von der Kante des Stegs ab, der nun fast die Wasserlinie berührte. Mit seinem Luftstand war er nun den Kräften der Physik ausgesetzt. Die Entfernung hatte er gut genug abgeschätzt, allein das Boot war einfach zu schmal, als dass er entsprechend sanft hätte abbremsen können. Mit einem dumpfen Aufprall vergrub es den Lieutenant in die Planken des Bootes und dieses sank mehrere Zentimeter tief ins Hafenwasser ein. Das Wasser schlug heftig gegen die Außenwände, doch im schwach besuchten und weitläufigen Areal des Hafens bemerkte das niemand.

Ohne auch nur ein Zögern richtete sich Frighton im Boot auf, drehte den Schlüssel um und startete den Motor. Das Adrenalin war wieder in seinen Körper zurückgekehrt. Wie schon so oft an diesem Nachmittag. Schmerzen des Aufprall kannte er nun keine. Er war viel mehr wild entschlossen, diese Chance, die ihm das Schicksal noch einmal gab, zu nutzen. Hektisch drehte er sich um die eigene Achse und band das Boot los.

Der Hafenordnung Folge leistend schlich Frighton gefühlt aus dem Hafenareal, ohne dabei besondere Aufmerksamkeit zu erregen. Zuletzt hatte er die Yacht nach Süden fahren sehen, bevor sie hinter den Gebäuden und Hotels der Küstenpromenade verschwand.

Kaum hatte er die grünen und roten Hafenlichter passiert,

schob er ungeduldig den Schubhebel nach vorne und das kleine Boot beschleunigte nach Kräften und für Frighton überraschend zügig, sodass er schon bald wieder die Positionslichter der in der Ferne fahrenden Yacht zu Gesicht bekam. Sie fuhr ebenfalls mit hoher Geschwindigkeit einige hundert Meter vom Ufer entfernt die Küstenlinie Richtung Süden hinab. Schnell passierte Frighton mit seinem Boot die Halbinsel mit dem *Museo die Etnopreistoria* mit seinen markanten festungsgleichen Bebauungen, die im Halbdunkel der gelblich schimmernden Promenadenlichter uneinnehmbar schienen. Einen ähnlichen Baustil hatte der Lieutenant schon in Casablanca gesehen, doch für solche Erinnerungen blieb ihm keine Zeit.

Weiter ging die geheimnisvolle Fahrt im Dunkeln. Mittlerweile konnte er den Abstand soweit verringern, dass er die Geschwindigkeit drosselte, um zu schnell zu nähern. Schließlich wollte er nicht erkannt werden, falls ihn der Mann im schwarzen Anzug bei der nachmittäglichen Jagd nicht schon bemerkt hatte. Dafür sah Frighton aber keinen Anlass, war er doch meist viel zu weit entfernt und der *Nero* machte auch nicht den Eindruck, als ob er jemanden abschütteln wolle.

Die Küste zog langsam an ihnen vorbei. Der kühle Fahrtwind blies Frighton unentwegt ins Gesicht und ließ die Anspannung nicht weniger werden. Das Wasser schlug gegen die Außenwände des Bootes fast im gleichen Rhythmus, dem auch das Herz des Lieutenants folgte.

Sie passierten den *Porto di Mergellina* und die Yacht setzte die Fahrt unvermindert fort. Allmählich wich die Anspannung einer Neugier in Frighton, wohin dieser nun nächtlich anmutende Ausflug führen sollte. Vorbei ging es an den märchenhaft leuchtenden Villen von *Posilippo*, die wie sorgfältig in die hügelig aufragende Landschaft drapiert schienen und mit den Lichtern und Feuern an diesem lauen und sternenklaren Abend die ruhig schwappenden Wellen mit einem verzaubernden Glitzern versah. Für einen Moment erwischte sich Frighton bei dieser Tag- oder besser Abendträumerei und ermahnte sich selbst zur Disziplin.

Eine knappe Stunde sind die beiden Boote nun schon unterwegs, das Wasser klopft unablässig gegen die Planken. Plötzlich verlangsamt sich die weiße Yacht. Kurz hinter *Marechiaro*, wie Frighton hastig auf einer Seekarte nachschlägt, die er neben dem Steuer gefunden hat. Und dann erblickt Frighton den Ort, von dem er schon vieles gelesen und noch mehr gehört hat. *Kann das wirklich wahr sein? Sollte das der Sitz des Paten sein?* Im Kopf von Frighton kreisen die Gedanken umher. *Es wäre so elegant und simpel zugleich!* Fast musste der Lieutenant schmunzeln. Er blickte erneut auf die Seekarte um sich noch einmal zu vergewissern. *Isola di Gaiola*, sagte er laut auf.

Schon früher – eher durch seine Liebe zu Italien und diese Region – las er von dieser Insel und ihren mysteriösen Geschichten, von denen sich die Einheimischen hier erzählen. Sie machen einen großen Bogen um La Gaiola, denn jedem, der die Insel samt Anwesen erwarb, widerfuhr Schlimmes.

Angeblich gehörte die Insel zu Zeiten des römischen Reiches noch zum Festland, doch Feldherr Lucullus soll den Auftrag gegeben haben, die Küste vom Festland abzutrennen und ihr den Namen «Euplea» zu verleihen, nach der römischen Göttin *Venus Euplea*. Ihr zu Ehren soll es sogar einmal einen Tempel dort gegeben haben.

Im 19. Jahrhundert diente die Doppelinsel als militärischer Stützpunkt. Danach bewohnte sie erstmals ein Einsiedler, den alle nur den «Hexenmeister» nannten. Die prächtige Villa wurde erst Ende des 19. Jahrhunderts von einem italienischen Politiker erbaut.

Danach herrschen zahlreiche Legenden zu der Insel und zahlreichen Todesfällen im Umfeld der Insel. Einerseits heißt es, dass der neue schweizer Besitzer Hans Braun um 1920 tot in einem Teppich eingewickelt in der Villa gefunden wurde und seine trauernde Witwe sich anschließend im Meer ertränkte. Sein Nachfolger, der deutsche Parfum-Händler Otto Grunback, soll kurz nach dem Kauf einen Herzinfarkt erlitten haben.

Andererseits gibt es die Geschichte zum Tod der Deutschen Elena von Parish, die mit der zwischenzeitlich errichteten Seilbahn in einer stürmischen Nacht des Jahres 1926 zur Insel wollte, das Tragseil riss und sie für immer im Meer verschwand.

Zu den weiteren Besitzern zählte ab den 1950er-Jahren auch der Schweizer Schriftsteller, Maurice Sandoz, Sohn des Unternehmers Edouard Sandoz. Zerfressen von der Furcht bankrott zu gehen, wurde er schließlich in eine schweizer Psychatrie eingewiesen und nahm sich dort 1958 das Leben.

Der nächste Eigentümer war der deutsche Stahl-Industrielle Paul Karl Langheim, der sich durch seinen übertriebenen Lebensstil auf der Insel ebenfalls finanziell ruinierte. Ihm folgte der schwerreiche italienische Industrielle und Fiat-Unternehmer Gianni Agnelli, der Langheim zunächst noch Unterschlupf auf La Gaiola gewährte. Nach einigen Umbauten, aber nur wenigen Aufenthalten verkaufte er schließlich die Insel.

Doch auch in den darauffolgenden Jahren ereigneten sich weiter zahlreiche seltsame Begebenheiten. 1968 erwarb der Milliardär, US-Öl-Tycoon und Kunstmäzen Jean-Paul Getty die Villa. Fünf Jahre später wurde sein Enkel von der Mafia entführt und ein Lösegeld von 3 Millionen Dollar verlangt, das er erst bezahlte, als ihm das abgeschnittene Ohr seines Enkels per Post zugestellt wurde.

1978 kaufte der neapolitanische Unternehmer Gianpasquale Grappone die Insel, seine Firma meldete kurz darauf Konkurs an. Er fristete sein Dasein überschuldet im Gefängnis und musste erfahren, dass eine Ehefrau bei einem Autounfall starb – am Tag der Versteigerung der «Isola maledetta.»

Danach fand sich kein Käufer mehr für die Insel und sie ging schließlich in den Besitz der Region Kampanien über, die die Villa fortan ihrem Schicksal in der salzigen Meeresluft vor Neapel überließ.

Sollte es tatsächlich so offensichtlich sein? Der mächtigste Mafia-Pate von Neapel hat sich auf der *isola maledetta* niedergelassen, um dort ungestört von der Öffentlichkeit zu sein? Für Frighton kommt das alles so fantastisch vor – und doch ergibt alles irgendwie einen Sinn.

Die Yacht verlangsamt weiter und schert gleich hinter der letzten Kante von *Marechiaro* rechts ein, um an den zum Festland gewandten, steinernen Stegen vorbei zukommen. Sie flankieren links und rechts die natürlichen Grenzen der Insel und schaffen einen mystischen Rahmen zu der noch mysteriöseren Insel. Frighton stellt den Motor ab und beobachtet zunächst das nun folgende, geschäftige Treiben aus sicherer Entfernung.

Hinter den ins Wasser ragenden Mauern ist ein kleiner Anlegeplatz direkt unterhalb der Villa eingerichtet, an dem die weiße Yacht nun anlegt. Nahezu ebenerdig können die Gäste aus dem Schiff auf eine Plattform aussteigen bevor sie durch einen mannshohen Felsenbogen die steinernen Treppen zur Villa empor steigen. Über dem östlichen Poller im Wasser erhebt sich nach zwei Treppenserpentinen und drei weiteren kaskadenartigen Treppenstiegen ein kleines Nebengebäude, dass in dieser bizarren Szenerie als Einlasskontrolle anmutet. Tatsächlich schreiten die Gäste aber ungehindert daran vorbei auf dem senkrecht zu den Treppen verlaufenden, von einigen Büschen besäumten Weg hin zum Haupthaus, welches majestätisch auf der östlicheren der Doppelinsel thront.

An diesem Abend, wo außer den am Firmament funkelnden Sternen nichts die dunkle Nacht in Kampanien erhellen zu scheint, sind es moderne Leuchtstrahler, die sowohl Weg als auch Haus festlich illuminieren.

Die Gebäude sind zwar nicht mehr im besten Zustand, ihre einstige Schönheit und Faszination haben sie trotz der abbröckelnden weißen Fassade auch dank der grandiosen Lage nicht verloren – zumindest nicht für Frighton, der hin- und hergerissen zwischen Staunen und Observieren auf seinem Boot kauernd versucht einen Blick auf den Paten zu erhaschen. *Unmöglich!* Nicht aus dieser Entfernung. *Ich müsste schon auf die Insel selbst kommen.* Die einzige Plattform ist jedoch bereits durch die Yacht besetzt. Außerdem würde ihn die Crew an Bord bestimmt bemerken.

Frighton blickt wieder zur Insel. Die schroffen meterhohen Felswände wirken noch martialischer in dem Wechsel aus Licht und Schatten, den die Spots kreiren. Links und rechts der mittleren Durchfahrt, in der das vermeintliche Schiff des Paten liegt, kann er weitere Eingänge im Schatten erkennen. Aber beide liegen zu dicht, um unbemerkt an der Crew vorbeizukommen.

Weitere Wachen kann er nicht erkennen. Der Pate scheint sich sicher zu fühlen auf der Insel. Aus der Ferne war Musik zu hören. Schien so, als feierte er eine Party.

Ein weiteres Mal mustert er die hell-dunkel aufragende *isola* vor dem pechschwarzen Hintergrund des Meeres. Unterhalb des Nebengebäudes entdeckt er aus der Entfernung komische Formationen im diffusen Licht der Spots.

Er startet den Motor seines Bootes und nähert sich langsam der Insel. Anstelle Richtung Anlegeplatz zu fahren, bleibt Frighton links der steinernen Stege um im Schutz derselbigen die entdeckten Formationen zu untersuchen.

Und er hat wieder Glück. Die Formationen sind aus dem Fels gehauene Verzierungen mit wellenartigen Vertiefungen bis hinauf zum Nebengebäude. *Eine bessere Trittleiter gibt es nicht!*, macht sich Frighton Mut. Er blickt sich um, wo er mit einem Seil das Boot hinter der östlichen Kaimauer festmachen könnte.

Nach dem er einen kleinen, vermoosten Haken in der Mauer gefunden und das Boot sicherheitshalber mit einem doppelten Knoten befestigt hat, beginnt sein Aufstieg auf die Insel. Die Atmung möglichst flach, all seine Kraft in Arme und Beine konzentriert erklimmt er die erste Sprosse dieser scheinbaren Einladung eines alten Steinmetzes. Er klettert an der östlichen, vom Anlegeplatz abgewandten Seite hinauf – völlig unbemerkt. *Geht irgendwie zu einfach*, wundert er sich noch, um anschließend schon wieder den nächsten Schritt eine Vertiefung höher anzusetzen.

Seine Finger schmerzen, der schroffe, durch die raue See geformte Fels hinterlässt seine Spuren in den zarten Finger eines Schreibtischtäters. Doch Frighton beißt auf die Zähne. Weniger Kondition als heute Nachmittag, eher Kraft und Überwindung sind jetzt von Nöten. Dennoch kommt auch die schnaubend Atmung zurück, obwohl er versucht, diese weitestgehend zu unterdrücken. Nur noch drei Stufen!

Er ertastet den nächsten Vorsprung mit seiner linken Hand. Nach Halt suchend greift er plötzlich in etwas weiches. Frighton bleibt wie erstarrt in seiner Position. Zu spät. Mit lauten Geschrei flattert eine Möwe über den Kopf des Lieutenants hinweg in die Dunkelheit der Umgebung. Der

Puls von Frighton schlägt im fast durch die Brust hindurch. Unerträglich laut ist er für ihn zu vernehmen. Und doch horcht er besorgt, ob auch einer der Gäste von diesem Vorfall etwas mitbekommen hat. Weitere Sekunden verstreichen, in denen Frighton fest in die Felswand gepresst verharrt ohne nur einen Laut von sich zu geben. Noch einmal hält er den Atem an. Schritte an der Treppe. Frighton schließt seine Augen und betet lautlos vor sich hin. Die Schritte entfernen sich – und kommen nicht zurück!

Erleichterung steigt in Frighton auf, bis er im nächsten Augenblick merkt, dass er immer noch zusammengekauert in einer Felswand vor der neapolitanischen Küste hängt. Seine Beinmuskeln fangen langsam an zu zittern. Der Schweiß rinnt ihm in Sturzbächen den Rücken hinab.

Langsam schiebt er sich wieder ein Stück nach oben. Ertastet nun noch vorsichtiger die nächsten Vorsprünge. *Noch eine!* Mit der rechten Hand fühlt er die Fensterbank eines der Fenster im Nebengebäude und mit letzter Kraft zieht er sich über die Brüstung in das verlassene Häuschen am Ende der Insel. Zum ersten Mal seit einer gefühlten Ewigkeit hatte Frighton wieder Gelegenheit durchzuatmen. Im Hintergrund lief gedämpfte Musik, Gläser klirrten und es wurden angeregt Gespräche geführt.

Sollte sich Frighton unter die Menge mischen? Es gäbe mit Sicherheit keine bessere Tarnung, damit keiner Verdacht schöpfte. Im Grunde stand die Entscheidung schon längst fest, denn den *point of no return* hatte Frighton schon lange hinter sich gelassen.

6

Zwar war sein weißes Businesshemd mittlerweile total verschwitzt und sein Jackett etwas staubig vom Aufstieg an den Felsen geworden, trotzdem fühlte sich Frighton nicht gerade *underdressed*, um sich unauffällig unter die Gäste zu mischen. Er musste es einfach versuchen. Wann würde sich so eine Gelegenheit schon noch einmal ergeben? *Ich bin auf der privaten Insel des Paten*, raste es immer wieder durch das Hirn des Lieutenants.

Er klopfte den Staub von seinen Klamotten, wischte sich mit einem Taschentuch noch einmal durch das Gesicht und strich sich seine strapazierten Haare wieder zurecht. Als er das «Styling» abgeschlossen hatte, pustete er noch einmal tief durch, schloss die Augen und versuchte seinen Herzschlag wieder zu beruhigen.

Vor Entschlossenheit strotzend öffnete er die Augen wieder und begann seinen Gang, den er gefühlt am *Gran Caffè Gambrinus* heute Nachmittag begann, in Richtung der gedämpften italienischen Musik und Unterhaltungen der Gäste fortzusetzen.

Mit jedem seiner Schritte auf dem roten Terrakottaweg weg vom Nebengebäude näherte er sich der lärmenden Gesellschaft, einer Gruppe von etwa fünfzig Leuten, die auf der von ihm abgewandten Rückseite der Villa diesen Abend vergnüglich genossen. Seine Herzschläge wurden wieder stärker. Würde er sofort auffallen? Hier tat er es sicherlich noch nicht, weil der Weg durch dichtes Gestrüpp links und rechts gesäumt wurde und selbst der Lieutenant die weiße Fassade der Villa nur hie und da durch das grüne Dickicht durchblitzen sah.

Er war nur noch wenige Meter vom Haupteingang entfernt. Die Anpflanzung lichtete sich nun, sodass der Blick auf das monströse Portal mit Spitzgiebel frei wurde. Bizarr mutete ihm die Tatsache an, dass trotz der hörbaren Menge hier vor der Villa noch weit und breit keiner zu sehen war. So stieg er ungehindert die zwei Stufen zum kleinen Vorplatz des Eingangs hinauf und musterte die Umgebung nun genauer. Vor ihm lag die Villa, die ankommende Gäste mit vier großen französischen Türen empfing. Über den mittleren beiden lag der zuvor schon beäugte Spitzgiebel. Jetzt aber konnte der Lieutenant erkennen, dass sich umgeben von der weißen abbröckelnden Fassade darin ein Symbol befand.

Es war das Symbol, dass er schon in New York gesehen hatte und dann noch einmal heute Nachmittag an den Manschettenknöpfen des Mannes im Anzug. Das Symbol des Paten. *Vor allen Augen, und doch verborgen*, grübelte der Lieutenant. Darunter fand er in gebogener Form einen Schriftzug.

«SEMPRE UNA GRANDE FAMIGLIA»

Für immer eine große Familie. Für einen Moment wurde Frighton von diesem Satz gefangen genommen und vergaß alles um sich herum.

Als der Lieutenant sich wieder aus seiner Starre befreite, erkundete er mit flinken Blicken weiter die nähere Umgebung. Er drehte sich nach rechts und erkannte die steinerne Bogenbrücke, die die beiden Inseln von «La Gaiola» verband. Sie war recht schmal und hatte keinerlei Geländer oder Ähnliches. Allein der Gedanke, diese überqueren zu müssen, ließ Frighton erbleichen.

Auf der gegenüberliegenden Erhebung musste einst der Tempel zu Ehren der römischen Göttin Venus Euplea errichtete worden sein, schoss es ihm durch den Kopf. Zu sehen war davon heute tatsächlich nichts mehr. Eine lose Grasdecke, immer wieder durch Sand und Fels unterbrochen war, überzog die Oberfläche. Von der einstigen Spiritualität des Ortes waren nicht einmal mehr Ruinen übrig geblieben. Frighton erkannte im indirekten Lichtschein, der von der Terrasse her entsandt wurde einen kleinen Sandweg, der bis zum Ende der Insel führte. Dort markierten ein paar Mauerreste den felsigen und fast senkrechten Abhang und bewahrte so unvorsichtige Gäste davor in die etwa fünfzehn Meter tiefer gelegene See zu stürzen. Heute bestand diese Gefahr aber offenbar nicht, da sich niemand auf der nördlicheren der Insel aufhielt, soweit das der Lieutenant von hier aus im Zwielicht beurteilen konnte.

Zu seiner linken gelangte man über einen tiefroten Terrakotta um das Haus herum zur Terrasse. Von dort wurden die Gespräche nun immer deutlicher wahrnehmbar.

Die Menschenleere davor wollte Frighton aber noch nutzen, um sich ein wenig im Haus umzuschauen. Vielleicht würde er ja etwas belastendes finden. Schließlich hatte er ja eine Mission!

Er wandte sich also vom Weg wieder ab und schritt nun auf eine der mittleren Türen des Eingangs unter dem Giebel zu. Durch die Fenster erkannte er nur im hinteren Teil des Gebäudes ein paar Zimmer, die hell erleuchtet waren. Der Rest lag in friedlichen Dunkel. Er öffnete behutsam die Tür einen kleinen Spalt und schob sich vorsichtig in den verlassenen Raum. Nachdem er die Tür wieder geschlossen hatte, ließ er zunächst den Blick durch das Zimmer wandern. Er war überrascht. Die Einrichtung war keineswegs pompös oder überfrachtet. Eher schlicht, geradezu puristisch. *Nun gut, die meiste Zeit war der Pate sowieso in den Vereinigten Staaten.*

Frighton erkannte im Halbdunkel ein paar alte Holzmöbel, an einer Wand stand ein breites Ledersofa, darüber thronte ein Gemälde. Eine italienische Szene, das Meer, der Himmel, die Sonne. Es zeigte so wenig und doch so viel. Die Verbundenheit zur Heimat, die Verbundenheit zur Natur. Irgendwie bewegte ihn der Anblick des Bildes und doch musste er weiter.

Er gelangte weiter in einen schmalen Gang, der wie ein Kreuz an vier Enden geöffnet war. Der Durchgang vor ihm führte in die hell erleuchtete Küche. Links konnte man durch eine große Tür vom Terrakottaweg an der Südostseite ins Haus treten. Rechts führte eine Treppe in den ersten Stock hinauf. Der Gang wurde durch acht einzelne Spots in regelmäßigen Abständen an der Decke beleuchtet und auf Höhe jeder der Lichtquellen war an der Wand ein kleines Portrait zu finden. Sie zeigten allesamt Männer in eleganten Anzügen. *Waren das die Vorfahren der Familie?* Zwischen Ehrfurcht und Gleichgültigkeit hin und her gerissen, riss sich Frighton schließlich los vom Anblick der Familienältesten und erklomm flink die Stufen in den ersten Stock der Villa, wo er das Arbeitszimmer vermutete.

Als er nach dem ersten Treppenabsatz scharf links um die Ecke musste und den zweiten deutlichen längeren Teil der Treppe bis hinauf sprintete, wurde das Licht wieder diffuser, bevor es sich im oberen Stockwerk nahezu vollständig wieder in das Erdgeschoss zurückzuziehen schien. Geradeaus ging es hinaus auf den Balkon mit steinerner Balustrade.

Der Lieutenant ging nach links, um zu den Zimmern zu gelangen. Durch die großen Fensterfronten des dunklen Obergeschosses fiel flackerndes Licht und tanzende Schatten auf die Wände. Die Terrasse musste mit Fackeln und Feuerkelchen erleuchtet sein, die dieses Schauspiel aufführten.

Wieder eröffnete sich dem Lieutenant ein langer Gang, der auf der rechten Seite durch vier Fenster untertags das wunderbare Sonnenlichts des Süden einfing. Links sah er im tanzenden Schein vier Türen.

Frighton begann das Obergeschoss zu erkunden. Im ersten Zimmer entdeckte er abermals sehr puristisch zwei Einzelbetten mit simplen metallenem Bettgestell, eine kleine Kommode mit aufgesetztem Spiegel und zu seiner linken ein großer Holzschrank im Stile der Jahrhundertwende. Trotz der reichlich verzierten Möbel wirkte das Zimmer kühl und verlassen, was nicht nur an der Dunkelheit lag, die sich über alle Gegenstände wie ein betäubender Schleier legte. Hier würde er nichts finden.

Er entschied sich ins nächste Zimmer zu gehen. Doch dort hatte er noch weniger Glück, es war das Badezimmer. Ebenfalls spartanisch mit einfachen Waschbecken, einer emaillierten Wanne, Toilette und einem Spiegel, der schon zahlreiche blinde Flecken aufwies. Rasch verließ Frighton auch diesen Raum.

Gerade als er im Türrahmen des Bades stand, blickte er schnell Richtung Treppe. Er meinte, etwas wahrgenommen zu haben. Wie versteinert beobachtete er die Szenerie. Das Licht blieb aus. Keine Schritte. Er musste sich geirrt haben. Vielleicht waren es Kellner, die Nachschub aus der Küche unten holten. Den Blick langsam durch das Fenster richtend vergewisserte sich Frighton nun doch lieber, ob die Party noch ohne Zwischenfälle weiter ging.

Seine Vermutung mit den Fackeln war richtig. Zwischen dutzenden Gartenfackeln standen die stilvoll gekleideten Herrschaften und unterhielten sich angeregt. Die Herren in Schwarz, Grau bis Weiß changierenden Anzügen und Krawatte, die Damen in tief ausgeschnittenen Cocktailkleidern aller Coleur. Es bildeten sich kleine Grüppchen zwischen den hoch aufflackernden Feuern auf den nun feuerroten Terrakotta der Terrasse. Kellner in weißen Hemden mit schwarzer Fliege reichten Champagner und kleine Antipasti, die von den Gästen reichlich verzehrt wurden. *Feine Gesellschaft.*

Frighton wandte den Blick wieder ab und stieß vor zum nächsten Zimmer. Hier bot sich ihm ein ähnliches Bild, wie im ersten Raum. Nur stand hier nun ein Doppelbett an einer Seite. Gegenüber wieder ein Schminktisch mit Spiegel in dunklen Holz und ein massiver Schrank direkt neben der Tür. Wieder Fehlanzeige. Es blieb ihm nur noch eine Möglichkeit. Das letzte Zimmer.

Die aufkeimende Hoffnung wurde aber auch hier bald zerstreut. Zwar erhob sich in der Mitte des Raumes ein pompöser Holzschreibtisch, der allein schon eine Tonne zu wiegen schien – dies war aber schon alles. Vier kräftige Holzfüße – reich an aufwendigen Drechselarbeiten – trugen die schwere Konstruktion, die unerschütterlich und wie angewurzelt in diesem Raum schien. Unerschütterlich wie die Zeit an *la famiglia* vorüberging. Das Funier hob sich sogar noch im Halbdunkel von der Umgebung ab.

Was wurde darauf wohl schon alles unterzeichnet? Verträge? Todesurteile?

Weiter schien nichts vorhanden zu sein in diesem Raum. Vielleicht war ja etwas *in* dem Schreibtisch zu finden. Frighton fuhr herum um zu den Schüben auf der anderen Seite des Schreibutensils zu gelangen. Einen nach dem anderen öffnete er die schweren Laden, ohne jedoch auch nur ein Blatt Papier zu finden. Ernüchterung machte sich langsam breit, als der Lieutenant noch verzweifelt die letzten Schübe aufzog und nichts als kalten Staub darin fand. *Alles umsonst!* Hier war nichts zu finden. Das Haus wurde schon vor Jahren verlassen, wenn hier überhaupt je ein belastendes Indiz vor Ort war. Jetzt genüge es bestenfalls noch als Location für Cocktailpartys und ungestörte Gespräche im Salon. Das Obergeschoss jedenfalls war tot. Ebenso wie Frightons Spur und Mut.

Niedergeschlagen ließ sich der Lieutenant in den Ledersessel des Schreibtisches fallen. Er legte den Kopf in den Nacken und schloss die Augen. *Ein einziger Reinfall! Die ganze Aktion – zum Scheitern verurteilt!* Er bließ kräftig aus. Seine Enttäuschung konnte er nur schwer verbergen. Musste er hier aber auch nicht. Wer sollte ihn so schon sehen?

Nach einiger Zeit – für ihn fühlte es sich wie eine Ewigkeit an – sammelte sich der Lieutenant wieder und öffnete seine Augen. Als er, immer noch im Sessel kauernd, den Blick geradeaus richtete, fiel ihm plötzlich ein Gemälde auf, das er beim Eintreten ins Arbeitszimmer gar nicht bemerkt hatte. Ebenso wie die Portraits im Erdgeschoss zog es ihn sofort in dessen Bann.

Es zeigte einen älteren Herren, natürlich elegant, im Anzug. *Was sonst*, dachte Frighton. Doch als er das Gesicht im hereinflackernden Schein der Fackeln näher musterte, erkannte er den Mann sofort wieder. Zumindest sah er so aus wie – ja, unverkennbar: Scarletti. *Wie eitel muss man sein,* ging es Frighton trotzig durch den Kopf, *wenn man ein Portrait von einem selbst sich direkt gegenüber des Arbeitstisches aufhängt?* Er hätte in diesem Moment wohl nichts mehr etwas gutes abringen können.

Langsam drückte er sich mit seinem Armen aus dem Sessel. Seine Beine wirkten wackelig. Sein Blutdruck war im Keller, ebenso wie sein Elan. *Nur noch weg!* Langsam setzte er wieder einen Schritt vor den anderen in Richtung der Tür des Arbeitszimmer. Schnell erholte sich sein Kreislauf wieder und die Schritte wurden kräftiger.

Beim Abschreiten des Ganges im Obergeschoss blickte er wie beiläufig durch die Fenster hinab zur feuerroten Terrakottaterrasse. Und dann erblickte er ihn. Den, den er schon seit Monaten hinterher jagte, wie einem Phantom. Der all das anrichtete. Er war es, ohne Zweifel. Scarletti. Dort stand er, umringt von jungen bis mittelalten Herren seinesgleichen. Harte, dunkel gebräunte Gesichter. So standen sie zusammen und schienen zu diskutieren. Unaufgeregt. Untypisch für Italiener. Ohne jegliche Gestik, ohne Hektik. Ruhig und besonnen, fast schon geheimbündlerisch.

Hier stehe ich, und er weiß es noch nicht einmal, wie nahe ich ihm gekommen bin, war die trotzige Stimme des Lieutenants wieder in seinem Kopf zurückgekehrt. *Nein! So durfte es nicht enden! Nicht nach all den Strapazen!* Die Entschlossenheit war in Frightons Gesicht zurückgekehrt.

Es gibt einen Punkt, an dem Mut in Dummheit umschlägt. Womöglich hatte Frighton diesen Punkt jetzt gerade überschritten. Womöglich hatte er aber auch kein Gespür mehr dafür, was richtig und was falsch war, irgendwo über Bord geworfen im nächtlichen Golf von Neapel.

Die Wut über den scheinbar allmächtigen Feind, der dort so ruhig, so unbesonnen eine Party schmeißt, vor seinen Augen, vor den Augen des Lieutenants. *So durfte es nicht enden!* Man kann die folgende Entscheidung Frightons vieles nennen, aber mit Sicherheit nicht vernünftig.

Ein Grinsen überkam ihm, als er entschlossenen Schrittes die Treppe Richtung Erdgeschoss hinuntereilte. Der hell erleuchtete Gang kam dem Lieutenant wie ein Scheideweg vor. Vorbei an den Portraits im Kleinformat gelangte er nun bis zur Mitte, wo sich ihm zwei Möglichkeiten boten. Links durch den dunklen verwaisten Salon die Villa zu verlassen und zu versuchen, so schnell und unauffällig wie möglich von «La Gaiola» zu verschwinden. Frighton entschied sich für Zweiteres.

Als er durch die Verandatüren der hell erleuchteten Küche ins Freie trat, schlug ihm die sticke Hitze der Fackeln entgegen. Das Grinsen war weg. Es war Entschlossenheit und einem Selbstverständnis gewichen, das ausdrückte: *Seht nur her, hier bin ich!*

7

Voller Überzeugung trat er zwei Schritte vor, um aus den Arkadenbögen zu gelangen, die die Fensterfront der Küche überdachten. Es war ihm so, als ob er nun direkt in die gesprächige Menge eintauchen würde.

Fast beiläufig, lässig nahm er sich ein Champagnerglas vom Tablett eines Kellners, der neben ihm mit unterwerfend gesenktem Haupt zum Gruße stehen geblieben war. Der Kellner verschwand wieder geschwind, als ob es ihn nie gegeben hätte in dieser bizarren Szenerie. Das ihm auch dies heute schon einmal so gegangen war – im *Caffè Gambrinus* – daran verschwendete er nun nicht einmal für den Bruchteil einer Sekunde einen Gedanken. Sein Hemd schien vielmehr unter der vor Selbstsicherheit strotzenden Brust zu platzen.

Langsam bewegte er sich auf die geschäftig plaudernde Menge zu, um wie selbstverständlich darin zu verschwinden. Er war einer von ihnen für diesen Moment.

Die Terrasse hatte mehrere Bereiche. Einen großen Platz der direkt an das Haus anschloss, wo er und die meisten anderen Gäste im Moment anzutreffen waren. Dahinter war ein großes Beet in den Boden eingelassen und große Sträucher versperrten den Blick auf das tiefschwarze Meer. Links und rechts führte ein schmaler Weg einmal um das Beet herum, an der Rückseite begrenzte eine steinerne Brüstung die Terrasse vor dem senkrechten Abhang.

Rechts der Beeten ragte nun eine wenige Stufen tiefer gelegene Plattform auf. Dort war abermals eine rechteckige Terrakottafläche, die weiter hinaus führte, als der Rest der Terrasse und die schließlich in einem Halbrund auf einem Felsen über dem Meer endete. Gäste versammelten sich rund um eine große Feuerschale in der Mitte und genossen den herrlichen Ausblick auf die umgebende Landschaft, die sich die Küste entlang erstreckte. Die Lichter der entfernten Häuser erweiterten das Firmament des sternenklaren Himmels bis hinab zum Horizont.

Frighton hatte Scarletti im linken Teil der Terrasse ausgemacht direkt neben eines etwas hervorstehenden Nebengebäudes.

Scarletti war etwa zehn Meter von Frighton entfernt. Der Lieutenant behielt ihn fest im Blick als er sich dem Paten fast wie im Zeitlupentempo Schritt für Schritt quer über die Terrasse näherte. Noch hatte Frighton durch die umherstehenden Gäste eine gute Tarnung und schob sich Meter für Meter heran. Die anderen Gäste schienen ihn zu ignorieren und so blieb er weiterhin voll fokussiert auf Scarletti. Noch sieben Meter. Scarletti unterhielt sich weiter ungestört. Frighton machte die nächsten Schritte. Immer wieder schob er sich geschickt zwischen die anderen Gäste, um nicht entdeckt zu werden. *Showdown*, schoss es dem Lieutenant kurz durch den Kopf. Und dann geschah es.

Ebenso zufällig wie durch Geisteshand gelenkt bewegten sich einige der Gäste synchron in verschiedene Richtungen. Frighton – immer noch auf Scarletti starrend – bemerkte nicht, was das für seine Tarnung bedeutete. Ein kalter Windhauch, der ihn kurz fröstelte riss ihn aus seiner Fokussiertheit und er bemerkte seine Solitärstellung. In einem Radius von anderthalb Metern hatte sich seine Umgebung geleert, die schützende Deckung dahin. Das unverständliche Brummen der anderen Konversationen flachte ab. All die Selbstsicherheit der Momente zuvor wich innerer Hektik, seine Augen fuhren herum, das Adrenalin schoss ihm in den Kopf. Unerträglich Stille breitete sich indes über das Anwesen. Wie erstarrt stand er da – unfähig sich zu bewegen. Das Herz stieß ihm fast durch die Brust gegen das lose sitzende Jackett.

Da wendet sich Scarletti plötzlich von der Konversation mit den anderen Herren ab und dreht den Kopf in die Richtung Frightons. Ihre Blicke trafen sich. Immer noch wie versteinert starrte Frighton den Paten in die Augen. Und dieser starrte zurück ohne zu blinzeln. Wie eine Ewigkeit fühlt sich dieser kühle Austausch an Blicken an. Kein Ausweichen, direkte Konfrontation. Es schnürte Frighton die Kehle zu. Dann durchschnitt ein Satz Scarlettis die zum Bersten aufgeladenen Stimmung.

«Bouna sera, — Lieutenant!»

8

Dem Lieutenant entglitten die Gesichtszüge, jegliche Selbstsicherheit war verflogen. Er fühlte, wie sein Gesicht ganz bleich wurde, sein Herz machte einen Satz. Die Menge um ihn herum schwieg immer noch unerträglich. Nur das Krachen der Wellen unten an den Fuß der Insel war dumpf zu hören.

«Bouna sera, Lieutenant! Ich habe Sie bereits erwartet.»

Wie versteinert blickte Frighton Scarletti immer noch in die Augen. Ihm fehlten die Worte, um dem Paten etwas zu erwidern. Scarletti begann nun leicht zu schmunzeln. Die harten faltigen Gesichtszüge des alten Mannes wichen einem sympathischen Antlitz, dessen Frighton sich noch weniger entziehen konnte.

«Glauben Sie wirklich, Sie könnten auf diese Insel – unsere Heimat – kommen, ohne dass ich es wüsste?»

Scarletti trat nun aus der Runde mit den Herren heraus und machte ein paar Schritte auf Frighton zu. Nicht bedrohlich, ganz im Gegenteil. Einladend wirkten seine Gesten während Frighton sich immer noch kein Stück gerührt hatte. Scarletti war knappe Siebzig und sein Gesicht gezeichnet von der Sonne und den Anstrengungen, die sein Rang mit sich brachten.

«Nun kommen Sie, seien Sie nicht so erschrocken. Wir feiern eine Party! Wir wollen Spaß haben.»

«Seit wann wissen Sie von mir?», kam es nun kleinlaut aus Frighton hervor.

«Meinen Sie jetzt oder überhaupt?»

Scarletti schien sich nun fast ein wenig lustig zu machen. Frightons Gesichtszüge drückten immer noch die Ratlosigkeit aus, die er in diesem Moment verspürte.

«Ach, das spielt auch eigentlich gar keine Rolle. Seit dem Sie in New York ein wenig in meinen Sachen herumgestochert haben, sind Sie mir langsam ans Herz gewachsen. Anfangs mag es noch Argwohn gewesen sein, bis ich irgendwann den Menschen hinter dem Polizisten sah, der genauso gutherzig war, wie wir es sind.»

Nun stand Scarletti direkt vor dem starren Frighton.

«Und ab diesem Zeitpunkt gehörten Sie zur Familie – auch wenn Sie es vielleicht noch nicht wussten.»

«Was soll das heißen?»

«Wir regeln die Dinge gerne untereinander. Da kann es für einen Polizisten zwischen den Clans schon mal ungemütlich werden.»

Scarletti nahm einen Schluck aus seinem Champagnerglas. Langsam begriff Frighton.

«Wie gesagt, Sie sind mir ans Herz gewachsen und ich

wollte nicht, dass Ihnen etwas zustößt. Deshalb habe ich immer ein wachsames Auges auf Sie gerichtet.»

Scarletti macht eine Geste mit den Augen über die Schultern des Lieutenants hinweg. Aus dessem Rücken hörte er nun, wie sich eine Person langsam näherte. Als dieser in sein Blickfeld trat, riss Frighton erschrocken seine Augen auf. Für einen Moment vergaß er zu Atmen. Sein Gesicht wurde farblos. Der junge Dunkelhäutige aus dem Flieger in Casablanca.

«Das ist Gianluca, mein Großneffe. Er war das wachsame Auge auf dem Flug hierher.»

Scarletti und Gianluca begannen zu lachen. Frighton wusste nicht, ob es wirklich der Moment für Gelächter war.

«Dann war das alles geplant?», fragt Frighton jetzt bissig und mit Zorn erfüllten Augen nach.

«Nein, überhaupt nicht», stieß es aus Scarletti lapidar heraus. «Sie waren nur eifriger und aufmerksamer als wir gedacht haben. Dass Sie meinen Schwiegersohn im *Caffè Gambrinus* über den Weg laufen und erkennen würden, konnten wir nicht ahnen.»

Für Frighton klang das alles zu fantastisch, als das er auch nur ein Wort davon glauben konnte. Ungläubig blickte er immer wieder zu Boden.

«Jetzt kommen Sie, Lieutenant», sagte Scarletti als er mit einladend ausgebreiteten Armen auf Frighton zutrat. «Wir suchen uns jetzt erst einmal ein ruhiges Plätzchen. Ich wollte Sie schon lange einmal kennen lernen.»

9

Scarletti – die Höflichkeit in Person – bat Frighton nun mit ihm auf die untere Ebene der Terrasse zu gehen. Die übrigen Gäste begannen sich wieder zu unterhalten und das ungleiche Paar nicht länger zu beobachten. Doch gerade als sie dort hingehen wollten, trat einer der Herren aus dem Kreis, in dem auch Scarletti zuvor stand, und flüstert ihm etwas ins Ohr.

Ich wusste doch, warum mir das nicht geheuer hier ist! Das ist doch ein Schauspiel, was die hier aufführen!, hämmerte es Frighton durch seinen Kopf.

Scarletti hörte dem Herrn geduldig zu, die Mine verfinstert sich wieder etwas. Er dreht sich zu dem Herren ans Ohr und flüsterte etwas zurück. Frighton beäugte die Szenerie misstrauisch. Als Scarletti fertig zu sein schien, blickte er die übrigen Herren noch einmal an und deutet ihnen mit einem kurzen aber intensiven Nicken etwas zu. Die übrigen Gäste scheinen von all dem nichts mitbekommen zu haben oder taten zumindest glaubhaft so. Die Herren verschwanden durch das Nebenhaus über den Terrakottaweg in die Nacht.

Scarletti wendete sich wieder Frighton zu.

«Entschuldigen Sie vielmals, dass ich Sie habe warten lassen! Wollen wir?», und deutete nun wieder mit seiner ausgestreckten Hand in Richtung der Feuerschale im Halbrund der unteren Terrasse.

Den kurzen Weg hinunter nutzte Frighton, um sich ein letztes Mal zu sammeln. Kaum, dass sie an einer steinernen Bank an der Feuerschale angekommen waren, brach es auch schon ärgerlich aus dem Lieutenant heraus.

«Was wird hier eigentlich gespielt? Sie sagten, dass dies hier nicht für mich arrangiert wurde. Warum sind sie dann wirklich hier? Warum sind sie persönlich nach Neapel gekommen?»

«Donnerwetter, da will es einer aber genau wissen», entgegnete Scarletti mit einem leicht ironischen Unterton. Er drehte seinen Kopf nach rechts und blickte stumm aufs Meer hinaus. Als er sich zu Frighton zurückdrehte, hatte sich Scarlettis Mine verfinstert.

«Es gibt nun einmal Dinge, die muss man vor Ort regeln. Sich selbst ein Bild von der Lage verschaffen», erwiderte der Pate mit eisiger Gleichgültigkeit.

«Ein rivalisierender Clan? Die Vorherrschaft in Neapel?»

«Ein Verräter!», stieß Scarletti blitzschnell aus.

Der Lieutenant erschrak innerlich bei diesem Wort. Scarletti blickte Frighton nur stumm an, bevor er den Blick ins Feuer wendete. Seine Worte wurden wieder ganz kühl und ruhig, als sie aus seinem Mund kamen.

«Wissen Sie eigentlich, was das ist – die Mafia?»

«Ein Kartell. Verbrecher. Erpresser. Mörder.», prustete Frighton scharf zurück.

«So mögen Sie es sehen. Für uns ist es – eine Familie!»

Frighton schüttelte energisch den Kopf. «So sieht es das Gesetz!»

«Das Gesetz?» Scarletti blickte Frighton ungläubig an.

«Ich sag Ihnen, was das Gesetz sieht: Kapitalisten, Ausbeuter, Spekulanten – ohne jegliches Gewissen, ohne Moral, ohne Werte. Das sind die wahren Verbrecher! Gegen die sagt das Gesetz gar nichts, und doch vernichten sie täglich so viel auf dieser Welt.»

Der Zorn und die Härte waren in Scarlettis Gesicht und Worte zurückgekehrt, das nun vom flackernden Schein des Feuers angestrahlt noch bedrohlicher wirkte.

«All das sind die wahren Verbrecher unserer Zeit! Die skrupellos arme Bauern in Armut und Tod schicken – angetrieben durch die unendliche Gier nach Profit. Die jegliche ethische Wertevorstellung über Bord werfen. Sich Aktionären und Anteilseignern mehr Verpflichtet fühlen als der Allgemeinheit.»

Nun beginnt auch Frighton sichtbar nachdenklicher zu werden.

«Kehren Sie ruhig nach New York zurück. Jagen Sie weiter die 'bösen Buben' während wenige Blocks entfernt in der Wall Street die wahren Verbrecher sitzen und tagtäglich mehr Schaden anrichten, als wir in einem ganzen Leben.»

Sichtlich überfordert mit diesem Appell des Paten, der das

Weltbild des Lieutenants in den Grundfesten zu erschüttern versuchte, rang er um Worte, zornig von den Aussprüchen seines Gegenüber.

«Und – und – und welchem Gesetz ordnen Sie sich dann unter?»

«Ich dachte, das wüssten sie längst. Sie haben es mit Sicherheit heute schon einmal gelesen.»

Scarletti blickte Frighton erwartungsvoll an, in dessen Hirn nun chaotische Gedankenfetzen umherirrten. Plötzlich erstarrte er in seiner Bewegung. Die Offenbarung schien ihm erneut den Atem zu rauben. Er musste sich zwingen, die Worte über die Lippen zu bringen, die Scarletti bereits erwartet hatte.

«SEMPRE UNA FAMIGLIA. Für immer eine Familie.»

«Essattamente!», bestätigte Scarletti zufrieden.

Diese drei Worte hämmerten nun in Frightons Hirn und verdrängten alle anderen Bruchstücke, die sich noch zuvor dort aufhielten. Voller Zorn startete er seinen nächsten Anlauf.

«Und dieser Kodex erlaubt Ihnen zu töten?»

«Oh nein, Sie haben da etwas Missverstanden!»

Frighton schaute nun arg verdutzt. In Scarlettis Gesicht kehrt eine Herzlichkeit zurück, als wolle er den Lieutenant in ein altes Familiengeheimnis einweihen.

«Sie sehen Worte, sind aber blind für die Bedeutung! Diese drei Worte sind ein Schwur. Ein Schwur für Liebe, Großherzigkeit, Respekt und vor allem Loyalität. Das sind die Werte, die in der heutigen Zeit verloren zu gehen scheinen, und die Sie ja wohl schlecht kritisieren können.»

Abermals fehlten Frighton die Worten und so fuhr Scarletti fort.

«Diese Worte rufen nicht zum Kampf, sondern zum brüderlichen Frieden. SEMPRE UNA FAMIGLIA. Wie eine Familie sollt ihr euch vertragen, zusammen leben, zusammen lieben. Apostel Paulus schrieb schon im ersten Brief an die Korinther: ‹Ich ermahne euch aber, liebe Brüder, im Namen unseres Herrn Jesus Christus, dass ihr alle mit einer Stimme redet und lasst keine Spaltungen unter euch sein, sondern haltet aneinander fest in ’einem’ Sinn und in ’einer’ Meinung.› Die Barmherzigkeit Gottes und die Nächstenliebe, die er uns mitgegeben hat. Denen, die er nach seinem Ebenbild geschaffen hat, wie ein Vater seinen Kindern. SEMPRE UNA FAMIGLIA.»

Trotzig blickte Frighton ins Feuer.

«Na toll, Sie Bibelzitierer. Dann sagen Sie mir doch mal, wie das fünfte Gebot lautet, das Ihr Herr dem guten Moses auf dem Berg Sinai mitgegeben hat? Hieß es da nicht so etwas im Sinne von: ‹Du sollst nicht töten?› und befahl Gott Abraham nicht von Isaak abzulassen, als er ihn – seinen Sohn – als Opfergabe töten wollte?»

Scarletti blickte Frighton unbeeindruckt und mit betonter Lässigkeit an.

«Da hat aber jemand seine Hausaufgaben gemacht.»

Frighton erwiderte den Blick streng.

«Wir aber auch, Lieutenant!»

Scarlettis Ausdruck war plötzlich kühl und skrupellos.

Auf seine Worte hin gab er einem seiner Vertrauten aus dem Kreis auf der oberen Terrasse mit zwei Fingern ein Zeichen. Frighton fröstelte mit einem Mal, als es durch seinen Kopf schoss, was dieses Zeichen alles für Konsequenzen haben könnte.

Die Sonne war gefühlt schon vor Stunden komplett im tiefschwarzen Meer versunken, bis auf den kühlen Grund so schien es, und Frighton ertappte sich bei dem Gedanken, ob er sie je wieder würde aufgehen sehen.

IO

Scarletti wandte sich wieder zu Frighton. *Was passiert als nächstes?*, hämmerte es Frighton immer hektischer durch seinen Schädel. *Anscheinend solle Scarletti etwas gebracht werden*, versuchte Frighton rational zu kombinieren, denn nun näherte sich ein Herr zu ihm und Scarletti an der Wärme abstrahlenden Feuerschale. Wärme, die Frighton in diesem Moment förmlich aufzusaugen schien.

Als der Herr schließlich neben sie getreten war, erkannte Frighton erstaunt, was er in seinen Händen hielt. Er erkannte die ausladenden Schreibschrift sofort wieder, die auf der Schachtel zu lesen war. *Pasticceria di Gran Caffè Gambrinus* Der Herr hielt sie Scarletti hin, der ihn mit einer Handbewegung aufforderte, den Deckel zu öffnen. Mit einer leichten Kopfbewegung deutete Scarletti auf die Schachtel und forderte damit Frighton auf einen Blick hinein zu werfen.

«Wissen Sie was das ist, Lieutenant?»

Frighton blickte widerwillig in die Schachtel. Zum Vorschein kam ein Stapel mit Blättern, auf denen er teils handschriftlich, teils maschinengeschriebene Namen erkennen konnte.

Gott sei Dank kein abgetrennter Kopf oder sonstige Körperteile schoss es Frighton für einen zynischen Moment durch den Kopf, bevor er zwang, diese Gedanken wieder aus dem selbigen zu verbannen, nicht ohne das für den Bruchteil einer Sekunde ein Fünkchen Erleichterung durch seinen Körper flog.

Sichtlich mitgenommen über das folgende begann Scarletti fast schon gespenstisch ruhig und scheinbar gleichgültig zu erzählen. Seine Augen blickten leer auf die dunkle See.

«Vor gut einem Monat musste ich erfahren, dass einer meiner engsten Vertrauten diese Namen von ‹Familienangehörigen› an rivalisierende Clans verkaufen wollte. Wir sind der Sache auf den Grund gegangen und haben den Verantwortlichen ausfindig gemacht. In der Familie bleibt nichts im Geheimen.»

Frighton blickte unsicher drein, nicht wissend, was als nächstes passieren würde. Geschwind drehte sich Scarletti um, hob die Hand erneut und machte eine Geste, scheinbar in die Nacht.

Erst jetzt fiel Frighton auf, dass man durch die exponierte Lage der unteren Terrasse direkt auf den steinernen Bogen blicken konnte, der die beiden Inseln verband. Mit einem Schlag wurde der Bogen hell angestrahlt und ragte scheinbar schwebend vor dem dunklen Hintergrund. Die ganze Szenerie war etwa dreißig Meter von den beiden an der Feuerschale entfernt. In Frighton zogen sich die Eingeweide zusammen.

Er ahnte, was jetzt passieren würde. Zwei Männer traten plötzlich in das grelle Scheinwerferlicht auf der Brücke. Sie führten einen gefesselten Mann in die Mitte des schmalen, ungesicherten Stegs, der die Doppelinsel erst zu dieser machte. Über dem höchsten Punkt des Bogens kamen sie zum Stehen – gut zwanzig Meter über der wogenden Wasserlinie, die in der Dunkelheit nur durch das beständige Rauschen im Hintergrund zu erahnen war. Der Kopf des gefesselten war mit einer schwarzen Kapuze bedeckt und schwere Gewichte waren an Brust und Rücken mit Eisenketten befestigt. *Ein Schritt trennte den armen Kerl von Leben und Tod*, dachte Frighton. Obwohl der Gefesselte wie angewurzelt dastand, klirrten die Ketten fürchterlich und heulten mit dem aufkommenden Wind um die Wette. *Der Gesang des Todes*, schauderte es den Lieutenant.

«Nein! Nein! Sie werden mich da nicht mit hineinziehen!», platzte es nun verzweifelt schreiend aus Frighton heraus. Erst jetzt schien er den vollen Ernst der Lage begriffen zu haben. Er sprang mit hämmerndem Puls zur steinernen Brüstung, die den Rahmen für dieses gruselige Schauspiel zu bilden schien. Seine Worte, sie platzten so unkontrolliert aus ihm heraus, als würde sich sein Innerstes nach Kräften sträuben, das scheinbar unvermeidliche – diese drohende Schauexekution vor seinen Augen – zu verhindern.

«Setzen Sie sich!», sprach Scarletti mit einer impertinenten Ruhe von einer der Sandsteinbänke, die die Feuerschale umringten.

«Ist Ihnen eigentlich klar, was eine solche Liste an Namen anrichten kann? Dutzende wenn nicht sogar hunderte ‹Angehöriger› würden sinnlos zum Opfer fallen. Väter. Mütter. Kinder. Einer zu Hundert. Lassen sich Menschenleben gegeneinander aufwiegen?» Scarletti blickte fragend zu Frighton hinüber.

«Das ist Wahnsinn!», schrie dieser fassungslos.

«Das ist Verrat!», entgegnete der Pate trocken. «Verrat an seiner eigenen Familie. Vielleicht verstehen Sie jetzt. Wir machen das nicht, um einem zu schaden – sondern um hundert zu schützen!»

«Das können Sie nicht tun! Nein! Nein! ...»

Zum dritten Mal konnte er das Wort nicht mehr in die schier endlos Nacht hinausbrüllen, da schoben die beiden dunkel gekleideten Herren den Gefesselten mit einem kräftigen Stoß vom Steinbogen. Während des Sturzes kam es Frighton so vor, als würden alle Geräusche erlischen, die Sekunden wie Stunden vergehen. Er sah nur noch eine Gestalt in der Dunkelheit verschwinden, ehe der Knall eines im Wasser einschlagenden Gegenstandes die gespenstische Stille in Frightons Vorstellung durchschnitt und ihn zurück in die Realität holte.

Von dem Mann war im Dunkel nichts mehr zu sehen. Wie würde er zunächst unter Wasser noch ums überleben strampeln, ehe seine Kräfte nachließen und seine Lungen sich mit Meerwasser füllten. Vermutlich würde er schon nicht mal mehr mitbekommen, wie sein gefesselter Körper am sandigen Meeresboden sanft aufsetzen würde und ihn jede einzelne Welle mit einer weiteren hauchdünnen Sandschicht bedeckte.

Noch einmal blickte Frighton hinauf zum Steinbogen, und für einen Augenblick meinte er die Seele des Mannes in die kühle Nacht entschwinden zu sehen. Er blinzelte und sah doch nur zwei Männer, die zurück zur Hauptinsel gingen, sichtlich ungerührt von den Geschehnissen der vergangenen Sekunden. Als der hintere der beiden seinen letzten Schritt vom felsigen Boden des Bogens abhob, erloschen mit einem Mal die Scheinwerfer und schufen die Illusion, dass die Brücke verschwunden sei.

Nicht nur das Licht schien von der Nacht verzehrt worden zu sein, auch in Frighton verlor sich die unmenschliche Anspannung und sein Körper sackte auf die nahe Steinbank zusammen. Er ließ den Kopf in den Schoß fallen und vergrub ihn unter schützend zusammengeschlagenen Armen.

Scarletti betrachtete dieses Abbild an Verzweiflung eine Zeit lang bevor er sich zum Lieutenant hinüber beugte und ihm seine Hand behutsam auf die Schulter legte. Giftig fuhr Frighton herum, durch eine ruckartige Bewegung sich der Berührung des Paten entreißend.

«Was sind sie nur für ein Mensch?», kreischte Frighton hervor.

Doch Scarletti sagte nichts. Er ließ geruhsam seinen Blick auf dem wieder zusammengekauerten Lieutenant ruhen. Der Schreikrampf des Lieutenants war noch nicht ganz überwunden, als es schon wieder angriffslustig aus seinem verweinten Gesicht hervorstieß: «Dafür werden Sie büßen!» Scarletti zeigte sich unbeeindruckt von Frightons Ausstößen der puren Hysterie. «Ich werde selbst als Kronzeuge aussagen!» Die Augen des Lieutenants zeigten nun ein verrücktes Blitzen.

Scarletti nach wie vor die Ruhe in Person, entgegnete in gütigem Ton: «Ich möchte Ihnen eine Frage stellen: glauben Sie, dass etwas besseres nachkommt?»

Verdutzt blickte Frighton auf, das Feuer in seinen Augen war mit einem Mal erloschen und er versuchte ein weiteres Schluchzen zu unterdrücken.

«Glauben Sie, dass etwas besseres nachkommt?», wiederholte Scarletti nüchtern. «Selbst wenn ich vor Gericht kommen würde, selbst wenn ich verurteilt würde, was ich alles stark bezweifle. Glauben Sie, das alles würde aufhören?»

Scarletti setzte sich wieder etwas aufrechter hin und blickte scheinbar gedankenverloren in das lodernde Feuer vor ihnen. «Kennen Sie die griechische Mythologie der Hydra?»

Sein Interesse sichtlich geweckt, richtete sich auch Frighton jetzt wieder auf, etwas ungläubig, dass Scarletti ihm jetzt eine Lehrstunde in Mythen halten wolle. Ohne einen weiteren Laut von sich zu geben wischte Frighton sich letzte Tränen aus dem Gesicht und blickte Scarletti starr in die Augen. Einen kurzen Moment später begann er kleinlaut, fast flüsternd, hinein in die Stille zwischen den beiden Herren zu sagen: «Die Hydra, ein vielköpfiges schlangenähnliches Ungeheuer. Schlägt man ihr einen Kopf ab, wachsen an selber Stelle zwei neue nach.»

Die Stille kehrte zurück, doch die Spannung der sich immer noch treffenden Blicke war für alle Anwesenden greifbar.

Jedes seiner Worte schien so ruhig über Scarlettis Lippen zu kommen, als sollten sie wie einzelne Giftpfeile den Gegner zu Boden zwingen. «Sie können mich einsperren, vielleicht gelingt es Ihnen sogar. Beweise scheinen sie ja nicht zu haben. Sonst wären Sie mir nicht nach Neapel gefolgt.» Ein wenig Hochmut mischte sich nun in seinen Ton.

Mit einer kleinen unauffälligen Kopfbewegung deutet Scarletti auf das Obergeschoss der Villa. «Dort oben haben Sie ja außer einem Haufen Staub und dem Portrait meines Vaters im Arbeitszimmer wohl auch nichts gefunden, sonst wären Sie schon längst wieder auf dem Weg zurück.»

Frighton fühlte sich nackt vor Scarletti, der ihn mit wenigen Worten völlig enttarnt hatte.

«Ich habe es gesehen! Ich habe alles gesehen», brachte Frighton kraftlos hervor.

Scarletti machte eine weite Ausholbewegung mit seiner rechten Hand und zeigte einmal über die gesamte Terrasse, auf der die anwesenden Gäste nichts von alle dem mitbekommen zu haben scheinen, was den Lieutenant gerade eben so mitgenommen hatte.

«Da dürften Sie aber wohl auch der Einzige sein!», widersprach Scarletti großspurig. «Darüber hinaus könnte ich Sie auch noch wegen Hausfriedensbruches anzeigen, Ermittlungen im Zuständigkeitsbereich fremder Ermittlungsbehörden, etc. ich hätte siebzig Zeugen, die meine Unschuld und Ihre Schuld zu Protokoll geben würden. Ihr Blatt spricht gegen Sie!»

Scarletti beugte sich noch einmal zu Frighton hinüber und sprach nun dicht in sein Ohr. «Sie werden sich sagen: ‹Ich brauche nur lange genug zu suchen, dann finde ich auch etwas.› Ich sage Ihnen: Sie werden nichts finden. Wir in der Familie handhaben gewisse – weitreichende – Entscheidungen nur mündlich unter den ältesten und loyalsten Angehörigen zu treffen. Sie haben es doch selbst gesehen. Glauben Sie wirklich, wir würden uns dafür einen Post-it an den Badezimmerspiegel hängen?»

Scarletti rückt wieder ab, doch die Arroganz in seinen Worten hallte in Frightons Kopf nach. Der Pate drehte sich zur Seite und nahm einen Schluck aus dem Champagnerglas, das er neben sich auf der Steinbank abgestellt hatte.

«Was wollen Sie jetzt mit mir machen?»

«Sie wissen mittlerweile, dass ich Sie sehr zu schätzen gelernt habe. Aber es gibt einen Punkt, an dem Sie Farbe bekennen müssen. An dem Taten dem Willen weichen müssen.»

«Ich habe mich schon vor einiger Zeit Entschieden – und zwar für das Gesetz?»

Scarletti entkommt ein sarkastisches Seufzen. «Das Gesetz. — Das Gesetz der Gesetzlosen. Moralisches Alibi zur Legitimierung nicht legitimierbarer, ethisch nicht vertretbarer Konsequenzen.» Scarletti ließ eine kunstvolle Pause einfließen, in der nur das Knistern des Feuers zwischen den beiden Männern dort auf der Steinbank stand und der aufgekommene Zorn in den Worten wieder verrauchte.

In sachlich belehrenden Ton begann er fortzufahren. «Wussten Sie, dass unabhängige Beobachter sich einig sind, dass im Irak, in Syrien und Libyen Zitat ‹relativ gute medizinische Versorgung, relativ hoher Bildungsgrad und relativ gute Frauenrechte› vorhanden waren, bevor Ihre ‹Gesetzestreuen› im Namen der Demokratie intervenieren mussten? Und in diesen Ländern seit damals Bürgerkriege herrschen, die jedem Zivilisten die Hoffnung auf ein normales Leben genommen haben?»

Erneut machte er eine Kunstpause. Der Lieutenant sollte die Möglichkeit haben, seine Worte zu reflektieren. Mit Wucht trafen sie ins Mark.

«Ich billige keinesfalls, was sie als ‹normal› in unseren Kreisen ansehen. Aber ist Ihnen auch klar, dass wir nicht nur Kriminelle und Mörder sind, sondern auch Geschäftsmänner, die tausenden von Menschen eine gut bezahlte Arbeit geben, ganze Regionen wirtschaftlich beleben, den Leuten Wohlstand und eine Perspektive verschafft haben? Das sind die zwei Seiten der Medaille!», schloss Scarletti trotzig.

«Zu denen auch Mord- und Totschlag gehören», hakte Frighton trocken ein.

Seufzend stand Scarletti auf, drehte sich zur Brüstung und blickte starr auf die Unendlichkeit des pechschwarzen Meeres hinaus.

«Es ist die Gier, die das schlimmste in jedem Menschen zu Tage fördert. Das Streben nach immer mehr Profit, nach immer mehr Einfluss. Doch damit gefährdet man mehr Leben, als sein eigenes profitieren kann. Wir versuchen, dem Einhalt zu gebieten, weil wir glauben, dass jeder in der Familie, wirklich jeder, ein glückliches und zufriedenes Leben führen kann. Doch dafür muss er sich an Regeln halten. SEMPRE UNA FAMIGLIA. Was haben Sie nur aus uns gemacht? Heilige sind wir keine, aber sind wir deswegen Monster?»

Frighton war nun neben Scarletti an die Brüstung getreten und blickte mit ihm nachdenklich hinaus.

«Der ehemalige griechische Finanzminister Yannis Varoufakis hat einmal gesagt: ‹Der Kapitalismus schafft Monster›», fügte Frighton sachlich den Worten des Paten hinzu.

«Ich glaube, die Monster sind bereits in uns – in *jedem* von uns. Sie liegen in der Natur des Menschen. Sie werden heute nur öfter herausgelockt, weil die Gesellschaft Sie dazu zwingt, sie herauszuholen, weil sie vorgaukelt, ohne sie in dieser Welt nicht überleben zu können.»

Scarletti nahm noch einmal einen Schluck Champagner, um die Bitterkeit dieser Worte hinunter zu spülen. Jetzt war das Glas leer.

«Sie kennen nun die zwei Seiten der Medaille. Und jetzt frage ich Sie ein letztes Mal: glauben Sie, dass etwas besseres nachkommt?»

Stumm drehte sich Scarletti um und ging zurück zum Haus.

Die übrigen Gäste verabschiedeten sich nach und nach, die Fackeln brannten herunter, die Glut der Feuerschalen erblickten den neuen Tag nicht mehr.

Frighton stand nachdenklich an der weißen Brüstung und blickte unentwegt hinaus Richtung Horizont. Fast schien es so, als wolle er dort draußen eine Lösung für sein moralisches

Dilemma finden.

Noch als sich der Himmel wieder lila färbte, sahen die Fischer hoch oben auf *La Gaiola* einen Mann an der Brüstung stehen, der nicht von hier zu sein schien und der nicht abrückte von seinem Posten.